A Rookie reader® español

Los calcetines de Jenny

Escrito por Carol Murray
Ilustrado por Priscilla Burris

Children's Press®
Una división de Scholastic Inc.
Nueva York • Toronto • Londres • Auckland • Sydney
Ciudad de México • Nueva Delhi • Hong Kong
Danbury, Connecticut

A mi madre, Dorothy de Kansas,
que me lavó los calcetines por muchos años.
—C.M.

Para Ellen Sussman, de un corazón agradecido
—P.B.

Consultores de la lectura

Linda Cornwell
Especialista en lectura

Katharine A. Kane
Consultora de educación
(Jubilada, Oficina deEducación del condado de San Diego
y de la Universidad Estatal de San Diego)

Información de Publicación de la Biblioteca del Congreso de los EE. UU.
Murray, Carol.
[Jenny's Socks. Spanish]
Los calcetines de Jenny / escrito por Carol Murray; ilustrado por Priscilla Burris.
p. cm. — (A Rookie reader español)
Summary: Jenny has beautiful socks in lots of colors, but her favorite is her pet cat Socks.
ISBN-10: 0-516-25308-5 (lib. bdg.)   0-516-26855-4 (pbk.)
ISBN-13: 978-0-516-25308-4 (lib. bdg.)   978-0-516-26855-2 (pbk.)
[1. Socks—Fiction. 2. Cats—Fiction. 3. Stories in rhyme. 4. Spanish language materials.] I. Burris, Priscilla, ill. II. Title. III. Series.
PZ74.3.M877   2006
[E]—dc22   2005026502

2 3 4 5 6 7 8 9 10 R 16 15 14 13 12 11 10 09 08 07   62

Algunos calcetines de Jenny
son verdes.

El tono más lindo de todos los verdes.

Algunos calcetines de Jenny son azules.

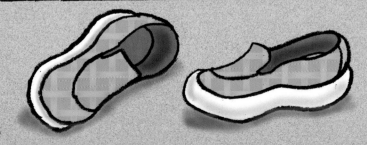

Azul como el mar.
Un azul sin par.

Calcetines blancos,
tiene un montón.
Suaves y cómodos.
¡Qué ricos son!

Finos o gruesos.

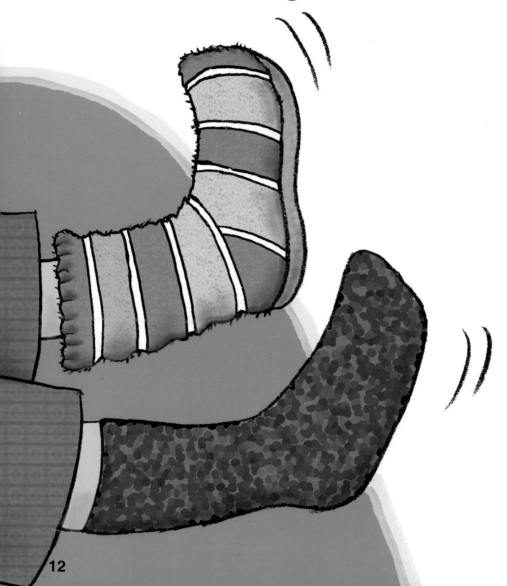

Sueltos o ajustados.

Largos o cortos.
¡Le quedan pintados!

Algunos tienen encajes
y vuelitos.

¡Estos calcetines están
muy bonitos!

Algunos son rojos y
blancos y azules.

Jenny en el desfile orgullosa
los luce.

23

**Algunos tienen estrellas
y otros tienen osos.**

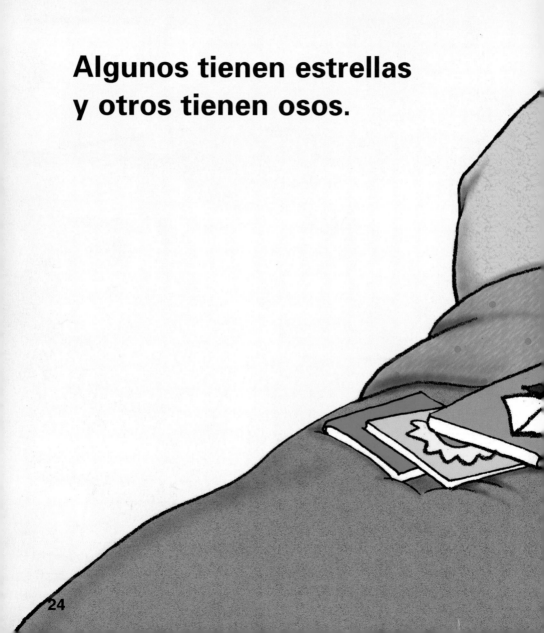

Tiene muchos pares.
Todos son hermosos.

27

¿Pero tiene Jenny
alguno favorito?

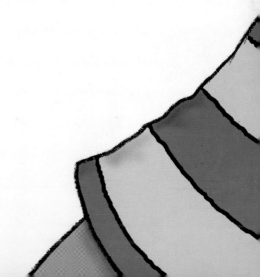

Pues sí: Calcetines,
su mimoso gatito.

Lista de palabras (63 palabras)

ajustados	están	mimoso	rojos
alguno	estos	montón	sí
algunos	estrellas	muchos	sin
azul	favorito	muy	son
azules	finos	o	su
blancos	gatito	orgullosa	suaves
bonitos	gruesos	osos	sueltos
calcetines	hermosos	otros	tiene
como	Jenny	par	tienen
cómodos	largos	pares	todos
cortos	le	pero	tono
de	lindo	pintados	un
desfile	los	pues	verdes
el	luce	qué	vuelitos
en	mar	quedan	y
encajes	más	ricos	

Acerca de la autora

Carol Murray es maestra y poeta. Ha enseñado Inglés y Conversación en el Hutchinson Community College durante veinticinco años. Vive en el campo, en Kansas, con su esposo Max y dos caballos llamados Lucy y Bud. Su animal favorito es la jirafa. Le encantan los niños, la poesía y los gatos blancos y negros.

Acerca de la ilustradora

Priscilla Burris ha ilustrado numerosos libros para niños e incluso, es autora de uno de ellos. Le gustan los calcetines con estampados graciosos, los libros, dibujar y estar con su familia. Priscilla vive feliz en el sur de California con su esposo Craig, sus tres hijos de 13, 14 y 18 años, y con Casper, un perro amistoso.